猜一猜 我是誰？

文圖 賴馬

小ㄒㄧㄠˇ老ㄌㄠˇ鼠ㄕㄨˇ

小ㄒㄧㄠˇ豬ㄓㄨ

小ㄒㄧㄠˇ猴ㄏㄡˊ子ㄗˇ

小ㄒㄧㄠˇ熊ㄒㄩㄥˊ

臭ㄔㄡˋ鼬ㄧㄡˋ

小ㄒㄧㄠˇ虎ㄏㄨˇ

小ㄒㄧㄠˇ獅ㄕ子ㄗˇ

小ㄒㄧㄠˇ青ㄑㄧㄥ蛙ㄨㄚ

小ㄒㄧㄠˇ象ㄒㄧㄤ

小ㄒㄧㄠˇ羊ㄧㄤˊ

小ㄒㄧㄠˇ變ㄅㄧㄢˋ色ㄙㄜˋ龍ㄌㄨㄥˊ

小ㄒㄧㄠˇ鱷ㄜˋ魚ㄩˊ

小ㄒㄧㄠˇ兔ㄊㄨˋ子ㄗˇ

小ㄒㄧㄠˇ貓ㄇㄠ

小ㄒㄧㄠˇ企ㄑㄧˋ鵝ㄜˊ

小ㄒㄧㄠˇ烏ㄨ龜ㄍㄨㄟ

長ㄔㄤˊ頸ㄐㄧㄥˇ鹿ㄌㄨˋ

小ㄒㄧㄠˇ浣ㄏㄨㄢˋ熊ㄒㄩㄥˊ

小ㄒㄧㄠˇ狗ㄍㄡˇ

小ㄒㄧㄠˇ獾ㄏㄨㄢ

貓ㄇㄠ熊ㄒㄩㄥˊ

黑ㄏㄟ面ㄇㄧㄢˋ琵ㄆㄧˊ鷺ㄌㄨˋ

小ㄒㄧㄠˇ袋ㄉㄞˋ鼠ㄕㄨˇ

無ㄨˊ尾ㄨㄟˇ熊ㄒㄩㄥˊ

小ㄒㄧㄠˇ驢ㄌㄩˊ子ㄗˇ

我ㄨㄛˇ們ㄇㄣ這ㄓㄜˋ個ㄍㄜˋ村ㄘㄨㄣ子ㄗˇ裡ㄌㄧˇ
有ㄧㄡˇ**33**個ㄍㄜˋ小ㄒㄧㄠˇ孩ㄏㄞˊ，
我ㄨㄛˇ是ㄕˋ其ㄑㄧˊ中ㄓㄨㄥ一ㄧˋ個ㄍㄜˋ。

大ㄉㄚˋ猩ㄒㄧㄥ猩ㄒㄧㄥ

小ㄒㄧㄠˇ狐ㄏㄨˊ獴ㄇㄥˊ

紅ㄏㄨㄥˊ毛ㄇㄠˊ猩ㄒㄧㄥ猩ㄒㄧㄥ

小ㄒㄧㄠˇ河ㄏㄜˊ馬ㄇㄚˇ

小ㄒㄧㄠˇ蛇ㄕㄜˊ

小ㄒㄧㄠˇ斑ㄅㄢ馬ㄇㄚˇ

小ㄒㄧㄠˇ刺ㄘˋ蝟ㄨㄟˋ

小ㄒㄧㄠˇ犀ㄒㄧ牛ㄋㄧㄡˊ

要拍囉！
一起倒數計時。

10 9 8 7

那一天，是我們33個小孩最期待的日子。

一大早，有12個小孩在刷牙洗臉，
11個小孩在吃早餐。

啊——

古ㄍㄨ嚕ㄌㄨ——
咕ㄍㄨ嚕ㄌㄨ——

呼ㄏㄨ嚕ㄌㄨ——
呼ㄏㄨ嚕ㄌㄨ——

還ㄏㄞ有ㄧㄡ 10 個ㄍㄜ小ㄒㄧㄠ孩ㄏㄞ在ㄗㄞ睡ㄕㄨㄟ覺ㄐㄧㄠ，我ㄨㄛ是ㄕ其ㄑㄧ中ㄓㄨㄥ一一個ㄍㄜ。

要ㄧㄠˋ出ㄔㄨ發ㄈㄚ了ㄌㄜ，
大ㄉㄚˋ家ㄐㄧㄚ都ㄉㄡ準ㄓㄨㄣˇ備ㄅㄟˋ好ㄏㄠˇ了ㄌㄜ嗎ㄇㄚ？

嗚ㄨ——

穿ㄔㄨㄢ好ㄏㄠˇ鞋ㄒㄧㄝˊ子ㄗ。

嗯————

呼噜————
呼噜————

還有9個小孩在廁所裡，
我是其中一個。

排排隊，坐火車。8個小孩排一隊。

快點！
快點！

睡過頭的小虎終於趕上了，快來加入我這一隊吧！

火車開了，嘟——嘟——嘟——
誰放臭屁？嗚——嗚——嗚——

我的蘋果！

哇！

下_{ㄒㄧㄚ}了_{ㄌㄜ}火_{ㄏㄨㄛ}車_{ㄔㄜ}，我_{ㄨㄛ}們_{ㄇㄣ}往_{ㄨㄤ}山_{ㄕㄢ}上_{ㄕㄤ}走_{ㄗㄡ}。
有_{ㄧㄡ}好_{ㄏㄠ}吃_ㄔ的_{ㄉㄜ}蘋_{ㄆㄧㄣ}果_{ㄍㄨㄛ}，我_{ㄨㄛ}也_{ㄧㄝ}來_{ㄌㄞ}摘_{ㄓㄞ}一_ㄧ顆_{ㄎㄜ}。

「好ㄏㄠˇ香ㄒㄧㄤ啊ㄚ！」山ㄕㄢ上ㄕㄤˋ開ㄎㄞ滿ㄇㄢˇ美ㄇㄟˇ麗ㄌㄧˋ的ㄉㄜ花ㄏㄨㄚ朵ㄉㄨㄛˇ，

大家唱歌又跳舞，我們5個來伴奏。

河水好清涼。
跳水、游泳、打水仗，
還有4個小孩在滾泥巴！
我是其中一個，
你認得出我嗎？

來ㄌㄞˊ玩ㄨㄢˊ捉ㄓㄨㄛ迷ㄇㄧˊ藏ㄘㄤˊ，
大ㄉㄚˋ家ㄐㄧㄚ都ㄉㄡ躲ㄉㄨㄛˇ在ㄗㄞˋ哪ㄋㄚˇ裡ㄌㄧˇ呢ㄋㄜ？

「看到了！
你們3個躲在花叢裡！」
小熊一下子就
找到我了。

天_{ㄊㄧㄢ}暗_ㄢ了_{ㄌㄜ}，我_{ㄨㄛ}們_{ㄇㄣ}33個_{ㄍㄜ}小_{ㄒㄧㄠ}孩_{ㄏㄞ}
最_{ㄗㄨㄟ}期_{ㄑㄧ}待_{ㄉㄞ}的_{ㄉㄜ}節_{ㄐㄧㄝ}目_{ㄇㄨ}要_{ㄧㄠ}開_{ㄎㄞ}始_ㄕ了_{ㄌㄜ}。

那ㄋㄚ一天ㄊㄧㄢ，是ㄕ我ㄨㄛ們ㄇㄣ最ㄗㄨㄟ開ㄎㄞ心ㄒㄧㄣ的ㄉㄜ日ㄖ子ㄗ。

呼嚕——呼嚕——

大家都睡著了嗎？

有2個小孩還醒著，
我是其中1個。

現在，
你知道我是誰了嗎？

作者的話

「做一本跟數字有關的書吧。」

因為這一個簡單的想法，
我用了無數支削得最精細的色鉛筆尖，
開始刻畫這個故事。

還依稀記得當時想玩個盡興的無數念頭：

「從頭開始數太常見，那就倒數吧！」

「12小時、一打12個……，用12做為基數好了。」

「除了在每頁暗藏尋找數字的梗（阿拉伯數字、羅馬數字、國字數字），還可以數數量，7棵樹、6隻毛毛蟲、3隻蜘蛛……」

「玩捉迷藏的畫面一定要繁複又有看頭，讓讀者也可以跟著小熊一起找出躲在樹林中的其他32隻小動物。」
…………

最後，我花了三年半的時間，
完成這本敘述內容只有一天的故事。

它是我畫過最美的數字圖畫書。

賴馬

- https://www.facebook.com/laima0619 賴馬繪本館粉絲專頁
- https://www.facebook.com/laima0505 賴馬臉書
- 去App聽賴馬故事有聲書

作者簡介

1968年生，27歲那年出版第一本書《我變成一隻噴火龍了！》即獲得好評，從此成為專職的圖畫書創作者。目前一家五口在台東玩耍生活著，並於2014年夏天成立了「賴馬繪本館」。

在賴馬的創作裡，每個看似幽默輕鬆的故事，其實結構嚴謹，不但務求合情合理、還要符合邏輯；每幅以巧妙手法布局的畫面細節，都歷經反覆推敲、仔細經營。除了第一眼的驚嘆，更禁得起一讀再讀。

賴馬的作品幾乎得過所有台灣重要的圖畫書獎項，亦曾連續三年登上誠品書店暢銷書榜圖畫書類第一名。2007年應邀到大阪國際兒童文學館演講。

每有新作都廣受喜愛，迄今主要繪本作品有：

《勇敢小火車》、《生氣王子》、《愛哭公主》、《我變成一隻噴火龍了！》、 《早起的一天》、《帕拉帕拉山的妖怪》、《猜一猜 我是誰？》、《慌張先生》、 《我和我家附近的野狗們》、《胖先生和高大個》、《十二生肖的故事》、《金太陽銀太陽》、《禮物》等。

猜一猜 我是誰？（原書名：現在，你知道我是誰了嗎？）

作繪者｜賴馬

責任編輯｜黃雅妮
美術設計｜賴馬、賴曉妍
封面及內頁手寫字｜賴俞蜜
行銷企劃｜高嘉吟

天下雜誌群創辦人｜殷允芃
董事長兼執行長｜何琦瑜
媒體暨產品事業群
總經理｜游玉雪
副總經理｜林彥傑
總編輯｜林欣靜　行銷總監｜林育菁
副總監｜蔡忠琦　版權主任｜何晨瑋、黃微真

出版者｜親子天下股份有限公司
地址｜台北市104建國北路一段96號4樓
電話｜（02）2509-2800
傳真｜（02）2509-2462
網址｜www.parenting.com.tw
讀者服務專線｜（02）2662-0332
週一～週五：09:00~17:30
讀者服務傳真｜（02）2662-6048
客服信箱｜parenting@cw.com.tw

法律顧問｜台英國際商務法律事務所・羅明通律師
製版印刷｜中原造像股份有限公司
總經銷｜大和圖書有限公司
電話：（02）8990-2588

出版日期｜2016年7月第一版第一次印行
2024年8月第一版第十八次印行
定　價｜360元
書　號｜BKKP0166P
ISBN｜978-986-93339-9-3（精裝）

訂購服務
親子天下Shopping｜shopping.parenting.com.tw
海外・大量訂購｜parenting@cw.com.tw
書香花園｜台北市建國北路二段6巷11號
電話（02）2506-1635
劃撥帳號｜50331356 親子天下股份有限公司

立即購買＞